Rent
sur Galata

Jean-Pierre Courivaud est né en 1963. Il vit dans un petit village du Nord avec sa femme et leurs trois enfants : Joséphine, Robinson et Cyprien.

Il est enseignant et, parallèlement, il écrit des récits pour la jeunesse.

Du même auteur dans Bayard Poche :

Un fantôme à la bibliothèque (Mes premiers J'aime lire)

Louis Alloing a travaillé dans des agences de publicité après des études d'art graphique à Marseille et à Paris. Puis, en éditant sa première bande dessinée chez Bayard, il s'est lancé dans l'illustration pour la jeunesse. Aujourd'hui, il travaille pour de nombreux éditeurs tels que Flammarion, Hachette, Lito, Milan.

Du même illustrateur dans Bayard Poche:

La loi du plus fort (J'aime lire Plus)

Deuxième édition

© 2005, Bayard Éditions Jeunesse
© 2003, magazine *Mes premiers j'aime lire*
Tous les droits réservés. Reproduction, même partielle, interdite.
Dépôt légal : septembre 2005
ISBN : 978-2-7470-1577-6
Loi du 16 juillet 1949 sur les publications destinées à la jeunesse.

Rentrée sur Galata

Une histoire écrite par Jean-Pierre Courivaud
illustrée par Louis Alloing

mes premiers
j'aime lire

BAYARD POCHE

Chapitre 1
Le grand départ

Nous sommes en l'an 3000. Une navette spatiale décolle.

Par le hublot, Siméon regarde la Terre s'éloigner. Il est très excité !

Ce n'est pas la première fois qu'il voyage en navette. Mais, cette fois, il part pour vivre une grande aventure, à l'autre bout de l'univers.

Le papa de Siméon est inventeur. Il doit aller travailler sur la planète Galata. Alors, toute la famille déménage pour s'installer là-bas !

Pendant le voyage, Siméon pose mille questions :

– Comment sont les Galatiens ? Est-ce qu'ils aiment le foot ? Et les hamburgers ?

Il est impatient d'arriver. Mais il a aussi un peu peur. Ses amis sont restés sur la Terre, et il ne connaît personne sur Galata.

Sa maman le rassure :

– Tu sais, nous sommes tous un peu nerveux. C'est normal. Mais je suis sûre que tout va bien se passer. Et tu te feras très vite de nouveaux amis.

Après deux semaines de vol, la navette se pose enfin à Galata-City, la capitale de la planète. Siméon est impressionné. Tout est si différent ici !

Les Galatiens sont grands et tout bleus. Ils agitent sans cesse leurs quatre bras. Et leurs jambes sont si courtes qu'ils se déplacent en sautillant.

Leur langage est assez bizarre. Quand ils parlent, on dirait qu'ils se brossent les dents. Par exemple, « Flachefliche », ça veut dire « Bonjour ». Ce n'est pas facile à prononcer !

Il ne reste que quelques jours avant la rentrée des classes. Siméon est de plus en plus nerveux.

Pour lui changer les idées, son père l'emmène visiter son nouveau laboratoire.

Il lui dit, en prenant l'air un peu mystérieux :

– J'ai une petite surprise pour toi !

Dans la rue, Siméon a l'impression que tous les Galatiens se retournent sur lui. Ils n'ont pas l'habitude de voir des Terriens. Siméon imagine que, le jour de la rentrée, ses camarades vont le regarder comme une bête curieuse ! Et ça l'inquiète vraiment !

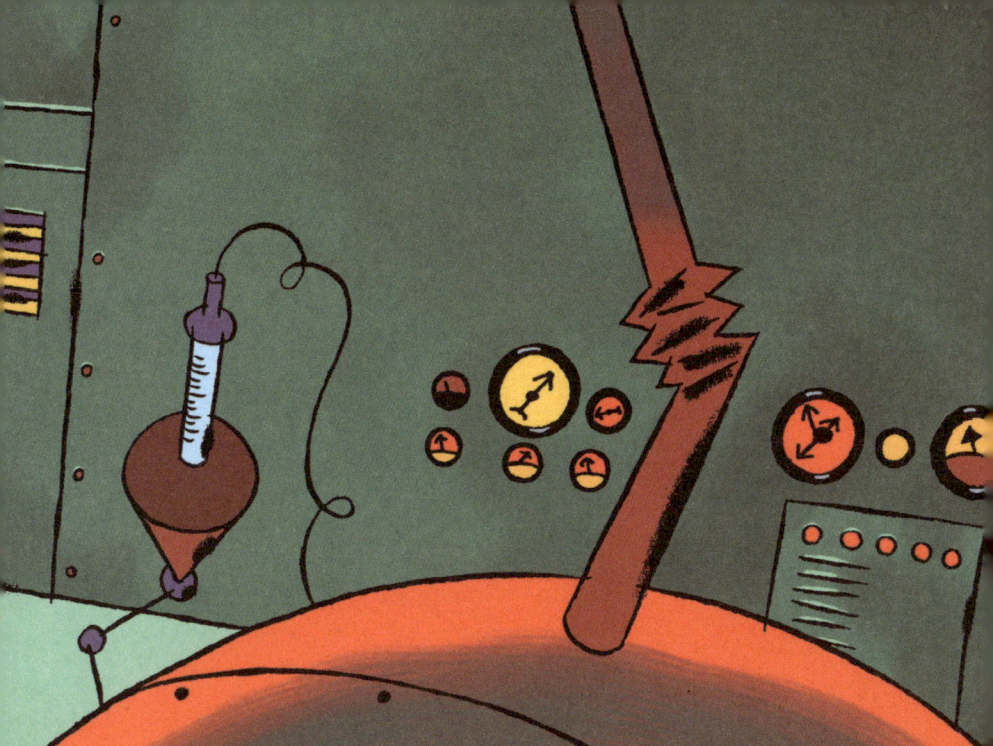

Chapitre 2
La ceinture à illusions

Le laboratoire est rempli d'appareils électroniques qui clignotent sans arrêt.

Le père de Siméon sort une boîte de son bureau :

– Voilà ta surprise ! C'est un petit gadget très pratique.

Siméon l'ouvre et s'exclame :

– Une montre ! Mais, Papa, j'en ai déjà une...

Son père lui explique :

– Celle-ci est très spéciale. Elle te traduira tout de suite ce que tes camarades te diront. Et ils te comprendront quand tu parleras !

Siméon est ravi :

– Merci, Papa, tu es génial !

Parmi les nombreuses inventions qui encombrent le laboratoire, Siméon aperçoit une drôle de ceinture. Il demande :

– Qu'est-ce que c'est ?

Son père lui répond :

– C'est ma toute dernière invention : la ceinture à illusions !

Le père de Siméon passe la ceinture à illusions autour de sa taille :

– Il y a un bouton caché dans la boucle. Si j'appuie dessus, j'active un rayon laser.

Un rayon bleu, à peine visible, jaillit.

Le père de Siméon continue :

– Il suffit de le diriger vers un objet ou une personne pour prendre son apparence.

Le rayon bleu frappe le portemanteau près de la porte d'entrée.

Aussitôt, la ceinture produit une image qui enveloppe entièrement le père de Siméon ! C'est incroyable : il vient de prendre l'apparence du portemanteau. L'illusion est parfaite !

À ce moment-là, un savant entre dans le laboratoire et accroche son blouson au portemanteau...

Le papa de Siméon s'écrie :

– Hé, attention !

Le savant sursaute en entendant le portemanteau parler.

Le père de Siméon appuie de nouveau
sur le bouton. Et il réapparaît avec le blouson sur la tête !

Siméon éclate de rire. Et il pense : « Voilà
ce qu'il me faut pour la rentrée ! »

Il demande à son père :

– Tu me prêtes ta ceinture ? J'aimerais
bien l'essayer à la maison.

Son père lui répond :

– D'accord, mais fais attention. Cette
ceinture est unique !

Chapitre 3

C'est la rentrée!

Le jour de la rentrée, Siméon met sa nouvelle montre. Sous son blouson, il porte la ceinture à illusions. Avant de sortir de l'immeuble, il dirige le rayon laser sur un enfant galatien de son âge.

Siméon n'a rien senti, mais il voit son reflet dans la porte vitrée : il est devenu un Galatien. « Super ! Ça marche ! » pense-t-il.

Dans la rue et à l'école, personne ne fait attention à lui. Siméon est pareil aux autres...

Soudain, il entend :

– Hé, toi ! Tu viens de quelle planète ?

Siméon sursaute et se retourne.

Il comprend alors que ce n'est pas à lui que l'on parle. Quatre Galatiens sont en train d'embêter un drôle d'insecte, qui semble terrifié.

Siméon est sûr que c'est un Zilote. Il a vu un reportage sur la planète Zilon. Il sait que tous ses habitants, les Zilotes, ressemblent à des insectes.

Le plus grand des quatre Galatiens devient agressif :

– Tu as perdu ta langue ?

Puis il se tourne vers ses trois copains et leur dit d'un ton moqueur :

– Regardez, il tremble comme un cafard mouillé !

Les Galatiens éclatent de rire.

Siméon croise le regard apeuré du Zilote. Il pense : « Quatre contre un, ce n'est pas juste ! »

D'un geste rapide, il éteint sa ceinture et s'écrie :

– Laissez-le tranquille !

Les Galatiens sursautent en voyant apparaître un Terrien.

Le chef de la bande recule et tombe à la renverse. Il bafouille :

– D'où... d'où il sort, celui-là ?

À ce moment, la sonnerie retentit, et les écoliers courent se mettre en rang devant leur classe.

Le chef de la bande se relève. Il est furieux :

– Vous deux, vous allez me le payer !

Chapitre 4

Blizz

Siméon et le Zilote se retrouvent dans la même classe. Leur institutrice demande à chaque élève de se présenter. Siméon apprend que le Zilote s'appelle Blizz. Mais, quand vient le tour de Siméon, il rougit et n'ose pas se lever.

Son regard croise celui de Blizz, qui lui sourit. Siméon reprend alors confiance et se lève :

– Je m'appelle Siméon. Je viens de la planète Terre. J'ai fait un long voyage en navette spatiale...

Ses camarades galatiens murmurent avec étonnement :

– Il vient de la Terre... Génial !

À la sortie de l'école, Siméon et Blizz repartent ensemble. Sur le chemin, Siméon raconte à son nouvel ami que son père est inventeur. Il lui montre la ceinture à illusions et lui explique comment elle fonctionne.

Soudain, les quatre Galatiens leur barrent la route. Le chef de la bande s'avance en frappant dans ses poings. Pas de doute, il cherche la bagarre...

Siméon aperçoit sur un mur une vieille affiche du film *Le retour de Godzibeurk*.

Il pointe le rayon laser de sa ceinture sur l'affiche. Il le règle au maximum. Et aussitôt il se transforme en un monstre terrifiant de plusieurs mètres de hauteur !

Épouvantés, les Galatiens s'enfuient à toute vitesse en hurlant.

Siméon et Blizz éclatent de rire et se tapent dans la main.

Blizz s'exclame :

– Ils ont eu une de ces trouilles !

Siméon ajoute :

– Je crois qu'ils ne nous embêteront plus !

Quand Siméon rentre chez lui, sa maman lui demande :

– Alors, mon chéri, comment s'est passée cette rentrée ?

Siméon lui répond :

– Je me suis fait un copain.

La maman de Siméon voit entrer un deuxième Siméon. Elle sursaute et pousse un cri de surprise.

Blizz éteint la ceinture à illusions. L'image du deuxième Siméon s'efface aussitôt et Blizz apparaît.

La maman de Siméon sourit :

– Vous m'avez bien eue !

Siméon s'exclame :

– Je te présente Blizz ! Il vient de la planète Zilon, et c'est mon ami ! Il voudrait m'inviter à jouer sur une super piste de turbo rollers...

– C'est une bonne idée ! dit la maman de Siméon. Amusez-vous bien !

Édition

Se faire peur et frissonner de plaisir

La nuit de la rentrée

Un fantôme à la bibliothèque

Réfléchir et comprendre la vie de tous les jours

La reine de la récré

Sonia la colle

Rêver et voyager dans des univers fabuleux

Rentrée sur Galata

Le trésor du roi qui dort

Rire et sourire avec des personnages insolites

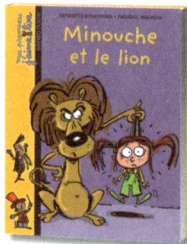

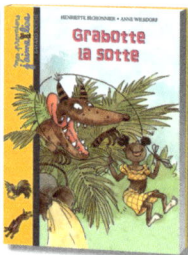

Minouche et le lion

Grabotte la sotte

Se lancer dans des aventures pleines de rebondissements

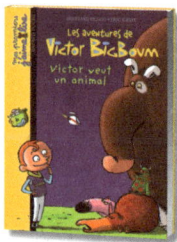

Les aventures de Victor Bicboum — Victor veut un animal

Attention, voilà Tipota !

© Éric Gasté

Presse

Mes premiers J'aime lire, un magazine **spécialement conçu pour accompagner les enfants du CP et du CE1** dans leur apprentissage de la lecture

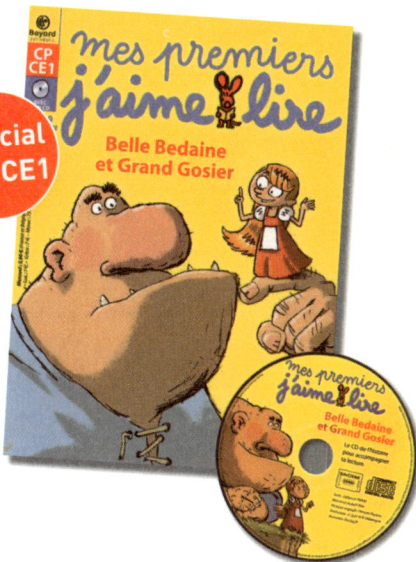

Un rendez-vous mensuel avec **plusieurs formes et niveaux de lecture :**

- une histoire courte
- un vrai petit roman illustré inédit
- des jeux et la BD Martin Matin

Avec un **CD audio** pour faciliter l'entrée dans l'écrit.

Chaque mois, les **progrès de lecture de l'enfant sont valorisés**, du déchiffrage d'une consigne de jeux à la fierté de lire son premier roman tout seul.

Réalisé en collaboration avec des orthophonistes et des enseignants.

Pour en savoir plus : www.mespremiersjaimelire.com

J'AIME LIRE

Des premiers romans à dévorer tout seul !

Édition

Réfléchir et comprendre la vie de tous les jours

La maison de mon grand-père

Mon meilleur copain

Rire et sourire avec des personnages insolites

Crapounette à l'école

Alerte : Poule en panne !

Se faire peur et frissonner de plaisir

C'est dur d'être un vampire

La nuit des squelettes

Rêver et voyager dans des univers fabuleux

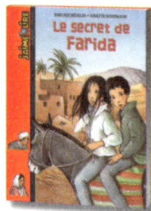

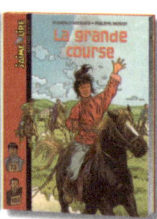

Le secret de Farida

La grande course

Se lancer dans des aventures pleines de rebondissements

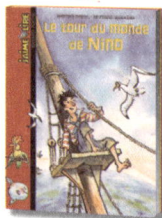

Le tour du monde de Nino

La villa d'en face

Tes histoires préférées enfin racontées !

J'écoute J'AIME LIRE

La confiture de leçons

La charabiole

Le mot interdit

Les cent mensonges de Vincent

Victor, l'enfant sauvage

Presse

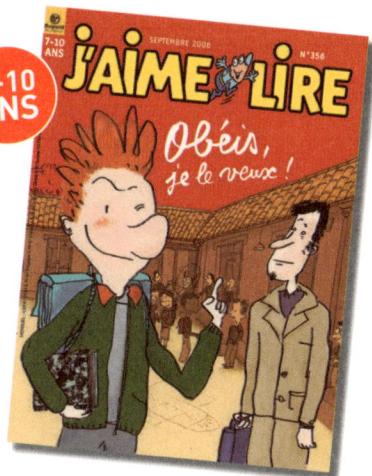

Le magazine *J'aime lire* accompagne les enfants dans des **grands moments de lecture**

Une année de *J'aime lire*, c'est :

- 12 romans de genres toujours différents : vie quotidienne, merveilleux, énigme...

- Des romans créés pour des enfants d'aujourd'hui par les meilleurs auteurs et illustrateurs jeunesse.

- Un confort de lecture très étudié pour faciliter l'entrée dans l'écrit : place de l'illustration, longueur du roman, structuration par chapitres, typographie adaptée aux jeunes lecteurs.

Chaque mois : un roman illustré inédit, 16 pages de BD, et des jeux pour découvrir le plaisir de jouer avec les mots.

Des romans pour mieux vivre les petits soucis quotidiens

© Marylise Morel

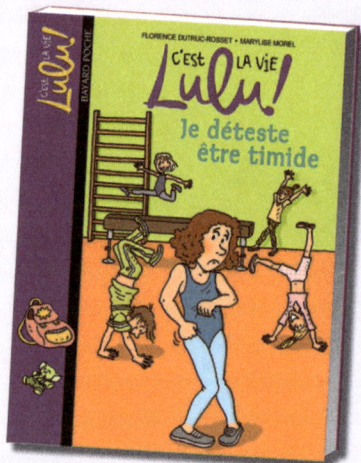

FLORENCE DUTRUC-ROSSET • MARYLISE MOREL

C'est la vie Lulu!
Je déteste être timide

Chaque histoire est suivie de conseils pratiques et malins pour les enfants qui se reconnaissent dans les histoires de Lulu.

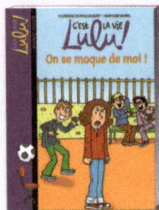

C'est la vie Lulu!
J'ai peur des mauvaises notes

C'est la vie Lulu!
On se moque de moi !

C'est la vie Lulu!
Je ne peux jamais faire ce que je veux !

C'est la vie Lulu!
Je me trouve nulle

C'est la vie Lulu!
Je suis rackettée

C'est la vie Lulu!
Je n'ose pas avouer mes bêtises

Lulu est un personnage du magazine **astrapi**

Des romans d'aventures et d'amour

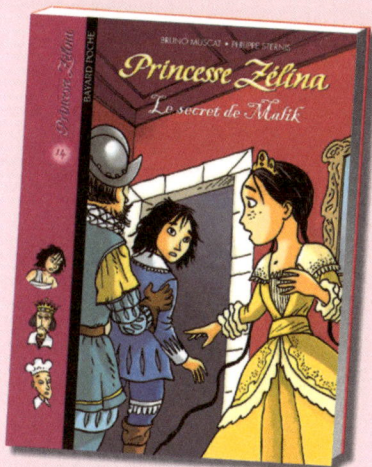

© Philippe Stemis

Des romans pleins de rebondissements avec l'intrépide princesse pour héroïne.

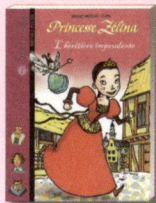

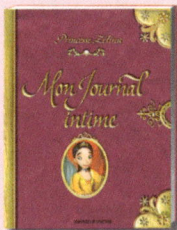

Un journal intime à partager avec Zélina. À lire et à compléter.

Un véritable agenda avec des informations inédites sur la princesse, des conseils pratiques et des autocollants.

Du papier à lettres, des cartes, des enveloppes, réunis dans un merveilleux coffret.

Zélina est un personnage du magazine **astrapi**

Achevé d'imprimer en mai 2007 par Oberthur Graphique
35000 RENNES – N° Impression : 7738
Imprimé en France